À Laura, Alex,
Christopher et Robert
S.G.

Un mot sur l'auteure
Avant de devenir écrivain à plein temps, Susan Gates a enseigné l'anglais dans une école secondaire du comté de Durham pendant de nombreuses années. Mariée et mère de trois enfants, elle a écrit plusieurs livres pour les jeunes.

Un mot sur l'illustrateur
Josip Lizatović dessine et fait des bijoux, mais il est aussi illustrateur-pigiste. Né en Croatie, il vit maintenant à Dublin et à Londres. *Manteau, tu n'auras pas ma peau !* est le premier livre qu'il illustre.

MANTEAU
TU N'AURAS PAS
MA PEAU !

Dans la même collection

Capitaine Carbure

Le croque doigts

Le cadeau surprise

Un papa en papier

Barbe-Rose, pirate

Texte de Susan Gates
Illustrations de Josip Lizatović

Traduit de l'anglais par
Martine Perriau

Données de catalogage avant publication (Canada)

Gates, Susan

Manteau, tu n'auras pas ma peau !

(Limonade)
Traduction de : Beware the Killer Coat.
Pour les jeunes.

ISBN: 2-7625-8053-6

I. Titre. II. Collection.

PZ23.G378Ma 1995 j823'.914 C95-940861-4

Dépôts légaux : 2e trimestre 1995
Bibliothèque nationale du Québec
Bibliothèque nationale du Canada

ISBN : 2-7625- 8053-6

Imprimé au Canada

LES ÉDITIONS HÉRITAGE INC.
300, rue Arran, Saint-Lambert (Québec) J4R 1K5
(514) 875-0327

TABLE DES CHAPITRES

CHAPITRE 1

J'ai su immédiatement que le manteau ne m'aimait pas. Il me jetait un regard mauvais depuis le porte-manteaux du magasin d'articles d'occasion.

— Mais je veux un manteau neuf ! dis-je à ma mère. Pas un manteau d'occasion !

— Ce manteau est adorable, dit-elle.

J'ai regardé le manteau en fronçant les sourcils. En retour, le manteau m'a foudroyé du regard, montrant ses dents métalliques.

C'était un grand manteau rouge et brillant, aussi bouffi qu'un crapaud venimeux. Ses rabats étaient de méchants yeux verts étincelants fixés sur moi. Ses fermetures éclair étaient des dents métalliques pointées vers moi. Oui, j'ai détesté ce manteau dès l'instant où je l'ai vu.

— Quelle chance tu as de trouver un manteau comme celui-ci, dit maman. Je ne comprends pas que personne ne l'ait acheté !

Moi, je savais pourquoi. Le manteau attendait. Il m'attendait, moi ! Et je ne me trouvais pas du tout chanceux !

CE ROUGE EST JOLI ET TRÈS GAI, VINCENT.
MAIS, JE N'AIME PAS LE ROUGE. CE ROUGE EST HORRIBLE !

IL EST TROP GRAND !
VINCENT ! ARRÊTE DE REMUER !

— Je l'enlève. Je l'enlève maintenant, maman !

Mais, pas moyen d'en sortir. Le manteau refusait de me laisser partir !

Maman tirait, tirait, mais le manteau tenait bon. Puis, il a englouti ma tête ! J'étais pris au piège dans le noir. Le manteau se cramponnait à mon visage, comme une pieuvre.

Paniqué, j'ai poussé un cri. Mais le manteau a bourré ma bouche de tissu rouge et brillant pour que personne ne puisse m'entendre.

Soudain, POUF ! j'ai brusquement revu la lumière du jour. Enfin libre ! Maman m'avait sauvé.

— Vincent, tu racontes des choses si bizarres ! Tu te laisses encore emporter par ton imagination !

Et elle m'a fait porter le manteau jusqu'à la maison.

CHAPITRE 2

Le manteau est resté sage pendant quelque temps. Puis il s'est mis à dévorer les lettres de l'école, que j'apportais à la maison. Des lettres très importantes. Il le faisait dans le seul but de m'attirer des ennuis !

— Vincent ! dit maman. Pourquoi n'as-tu pas rapporté la lettre au sujet de la soirée des parents ?

— Mais, je l'ai mise dans la poche de mon manteau dès que le professeur me l'a donnée.

J'ai glissé ma main avec précaution entre les dents métalliques, puis plus loin, dans le trou noir. Ma main descendait, descendait, et mon bras s'est trouvé enfoncé jusqu'au coude !

Il y avait des tunnels noirs à l'intérieur du manteau, des tunnels qui partaient de chacune des poches. Ce manteau était un labyrinthe de tunnels sombres ! J'ai vivement ressorti ma main de la poche.

Puis mes nouveaux gants ont disparu. Je ne les ai pas perdus. Je les avais mis dans ma poche, j'en suis sûr. Mais le manteau les a mangés. Ils sont certainement encore là, dans le manteau, mâchonnés au fond de son immense estomac.

Le manteau est alors devenu de plus en plus gros. Il enflait, était rempli de bosses comme un homme musclé — il devenait plus puissant et plus féroce pour m'attraper lorsque personne ne nous regarderait.

Jamais de la vie ! Je n'allais pas glisser ma main entre ces dents métalliques et la plonger au plus profond du manteau ! Et si le manteau m'attrapait et mâchouillait mes doigts ? Et s'il me les rongeait jusqu'aux os ? Et si, à la fin, il faisait un rot et libérait ma main qui ne ressemblerait alors qu'à une patte squelettique, remuant au bout de mon bras ?

Au milieu de la nuit, quelque chose m'a réveillé. Quel était ce bruit ? De peur, mes orteils se sont recroquevillés.

J'ai alors aperçu le manteau diabolique, suspendu à la porte de ma chambre, qui rougeoyait dans le noir.

Il était bossu, un peu comme un troll. Il était rouge et boursouflé, semblable à une créature de l'espace. Au moment où j'ai vu un œil vert et mauvais, il a tendu un long bras rouge.

Soudain, hop ! il s'est échappé d'un bond. Une langue rouge et brillante, longue comme celle d'un caméléon, s'est déployée. Il s'est mis à onduler sur le plancher !

C'était maman. Elle a allumé la lumière et... le manteau était posé là, sage comme une image.

Tandis que maman ramassait le manteau, lui, sa langue rouge pendant sur son dos, me souriait de ses petites dents argentées, l'air de dire : « La prochaine fois, Vincent, dès que nous serons vraiment seuls… »

— Oh ! regarde ça ! dit maman. Ton manteau est encore mieux que je ne le pensais ! Il a un joli capuchon rouge que tu peux cacher à l'intérieur du col.

Elle a roulé la langue rouge, l'a glissée derrière les dents étincelantes, puis a accroché le manteau derrière la porte de ma chambre.

CHAPITRE 3

Le lendemain matin, le manteau a fait la chose la plus horrible qui soit. Il a dévoré mon petit rat.

Avant, lorsque j'avais un manteau amical, Raton allait et venait dans mes poches. Mais je n'aurais jamais osé le mettre dans le manteau diabolique !

Ce matin-là, cependant, il semblait tout penaud d'être enfermé dans sa cage.

Le manteau s'est d'abord tenu tranquille. Nous avons marché jusqu'à l'école, Raton pointant son museau hors de ma poche pour observer le monde extérieur — comme il le faisait dans mon ancien manteau si gentil.

Une fois arrivé dans la cour de l'école, j'ai fouillé dans ma poche pour montrer Raton à mes amis. Mais il n'était plus là !

Je le sentais courir à l'intérieur de mon manteau. Mes amis pouvaient le voir, pris au piège sous le tissu rouge et brillant.

Mon manteau bougeait, il tremblait comme une gigantesque gelée à la fraise. Des bosses se formaient un peu partout ! C'était Raton paniqué qui, perdu dans ces profonds tunnels sombres, essayait de sortir.

Mais je savais qu'il n'y arriverait pas. Le manteau allait l'engloutir !

Moi, je savais que Raton ne s'était pas enfui. Il se trouvait quelque part, perdu au plus profond du manteau avec mes gants neufs et ces lettres si importantes de l'école — celles que, d'après maman, j'avais perdues. Raton avait été englouti, comme toutes ces autres choses.

Après avoir mangé Raton, le manteau est devenu encore plus gros. Il s'est enflé, comme s'il était très fier de lui, et s'est gonflé jusqu'à ressembler à un zeppelin rouge et luisant. Lorsqu'il grimaçait, ses dents étaient semblables à celles d'un requin, et ses méchants yeux verts brillaient autant que des feux de circulation. Il était plus puissant et plus furieux que jamais, et je savais que ce ne serait plus très long maintenant. Il se contentait d'attendre, d'attendre que nous soyons vraiment seuls.

CHAPITRE 4

Cette nuit-là, j'ai rêvé du manteau diabolique. J'ai rêvé que je le dressais comme le ferait un dompteur de lions. Il grognait et rugissait en montrant les dents.

Mais je faisais claquer mon fouet de dompteur pour qu'il ait peur de moi, et il gémissait de frayeur ! Mon fouet claquait de nouveau et le forçait à faire des tours. Je le faisais passer dans un cerceau enflammé, et tous les spectateurs du cirque applaudissaient.

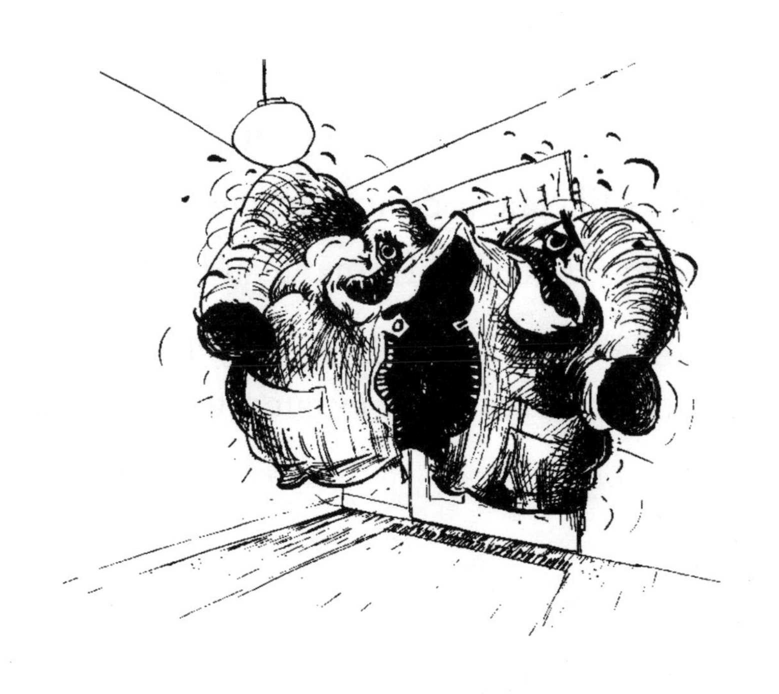

Mais rien de tout cela n'était vrai, ce n'était qu'un rêve. Car, en ouvrant les yeux, le lendemain matin, j'ai vu le manteau suspendu à la patère, derrière la porte de ma chambre, et il n'était pas du tout dressé ! Il était devenu si gros et si furieux pendant la nuit qu'il semblait remplir la chambre.

J'ai balayé d'un coup d'œil le plancher de ma chambre. Pourquoi était-il si bien rangé ? Où étaient donc mes piles de livres et mes tas de Lego ? Le manteau les avait mangés pour devenir encore plus puissant et m'attraper dès qu'il n'y aurait plus personne.

J'étais hors de moi. J'ai bondi sur le manteau, l'ai arraché de la patère, et nous avons entrepris un terrible combat. Je le rouais de coups de poing et de coups de pied, mais le manteau l'emportait !

Il tirait mes cheveux entre ses dents métalliques.

Nous avons roulé et roulé d'un bout à l'autre de la chambre, puis il m'a entouré de ses longs bras visqueux, tant et si bien que je ressemblais à une momie.

Je lui ai envoyé un terrible coup de poing, mais il refusait de me libérer. Il me serrait de plus en plus fort !

La porte de ma chambre s'est alors ouverte.

— Vincent ! Pour l'amour du ciel, que fais-tu ? Laisse ce manteau !

Ouf ! Encore sauvé, et juste à temps !

— J'ai rangé cette chambre hier soir, pendant que tu dormais, grondait maman. Et maintenant, regarde un peu ce désordre !

— Ce n'est pas moi, ai-je essayé d'expliquer. C'est le manteau, c'est lui qui a commencé !

Mais maman n'écoutait pas.

Le manteau était étendu là, tranquille, faisant semblant d'être sage. Il a laissé maman le ramasser et lui a même souri.

Maman a emporté le manteau à l'étage inférieur, et il reposait, calme, entre ses bras, comme un bébé endormi.

— Ce manteau est sale, maintenant, dit-elle. Je vais le mettre dans la machine à laver, et lorsqu'il sera redevenu propre, je veux que tu y fasses attention. Comme ça, il durera pendant tout l'hiver !

D'ici là, le manteau m'aurait attrapé, c'est certain ! Un matin, maman viendrait me réveiller pour aller à l'école et elle pousserait ma porte qui refuserait de s'ouvrir. Car, derrière elle, le gigantesque manteau mangeur d'hommes remplirait la chambre, semblable à un énorme monstre rouge et rugissant ! Il n'y aurait plus aucune trace de moi. Le manteau engloutirait alors maman et grossirait encore et encore jusqu'à faire éclater le toit de la maison !

Il poursuivrait les gens et les aspirerait avec sa langue rouge aussi grande qu'un terrain de football. Et lorsqu'il aurait mangé tous les habitants de notre rue, il passerait à la rue voisine, puis à une autre ville. Il traverserait ainsi tout le pays d'un pas lourd, faisant trembler le ciel de ses rugissements !

Il franchirait les océans en dévorant les baleines et en grignotant les requins en guise de goûter.

Rien ne pourrait l'arrêter. Il gonflerait et grossirait au point d'envahir la planète, puis l'univers...

CHAPITRE 5

Sage comme une image, le manteau a laissé maman le mettre dans la machine à laver. L'eau a alors envahi la machine, et le monstre s'est mis à se tortiller et à se débattre.

Pendant un moment, j'étais si effrayé que j'ai failli courir après maman et lui crier : « Attends-moi ! »

Qu'arriverait-il s'il fracassait le hublot pour m'attraper ? Et s'il me tirait jusque dans la machine pour que j'y sois lavé, rincé et essoré ? Et si...

La mousse a soudain envahi la machine, et je ne pouvais plus voir le manteau. Un méchant œil vert a brusquement tourné derrière le hublot.

Les petites dents métalliques se sont pointées vers moi et ont disparu parmi les bulles. Le manteau tournait de plus en plus vite, et je ne pouvais plus voir ni ses yeux, ni ses dents, mais seulement une masse rouge et confuse.

Il s'est alors produit une chose étrange. La mousse blanche est tout à coup devenue rouge. « Que se passe-t-il ? », me suis-je demandé, inquiet.

Le remous rouge tournoyait et tourbillonnait dans la machine, et puis... plus rien !

J'ai attendu, mais il ne s'est rien passé. J'ai rampé jusqu'à la machine, puis j'ai collé mon nez contre le hublot pour jeter un coup d'œil à l'intérieur.

Le manteau diabolique, en effet, n'était plus rouge, mais rose. Rose pâle ! Ses yeux n'étincelaient plus d'un vert furieux, car eux aussi étaient devenus roses, un peu comme ceux d'un lapin albinos. Et le manteau était tout petit, maintenant ! Il n'avait plus ses gros muscles rouges et brillants, mais était aussi ratatiné qu'un ballon dégonflé !

Maman est entrée dans la cuisine.

J'essayais d'avoir l'air sérieux, mais je cachais mon sourire derrière ma main. Car, lorsque maman a sorti le manteau tout rose et tout plissé de la machine, il ne semblait plus du tout dangereux. Et en plus, il était devenu trop petit pour moi !

Je croyais vraiment qu'elle le ferait mais, au tout dernier instant, alors qu'elle ouvrait la porte de derrière, quelque chose l'a fait changer d'idée.

Il m'a semblé voir le manteau me sourire avec ses vilaines petites dents.

Alors, méfie-toi si tu vas à une vente de charité. Prends bien garde au manteau, car il n'a pas l'air dangereux.

Il est rose, maintenant, avec deux rabats roses à l'avant. Mais ne te laisse surtout pas prendre à son jeu. Il s'agit toujours du même vieux manteau diabolique ! Ne sois pas dupe s'il repose là, sage comme une image. Il fait semblant ! Il a l'air petit, maintenant, mais il se mettra très vite à grossir. Les lettres (celles qui viennent de l'école, les plus importantes), les gants neufs et les petits rats sont ses goûters préférés. Et il te dévorera aussi si tu ne fais pas très, très attention !

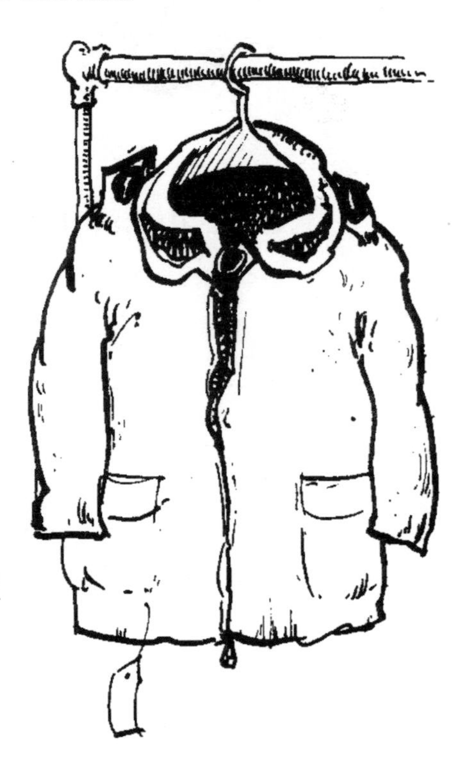

Gare au manteau !

Un papa en papier

Les journaux ! De véritables trésors que papa Massé dévore au creux de son fauteuil. À tant lire, pas étonnant qu'il en oublie ses neuf enfants et sa femme bien-aimée. Les enfants, excédés par la situation, décident de passer à l'attaque.

Avec un humour mordant et des personnages attachants, cette histoire a tout pour séduire.

Barbe-Rose, pirate

Gare à vous, marins d'eau douce, Barbe-Rose vient d'accrocher ses bottes !

Toujours secondée par son maître d'œuvre, Charlie Vautour, elle a l'œil sur la Vieille Auberge pour lieu de retraite. Cependant, les habitants de Dortoir-sur-Mer ne partagent pas son avis.

Une histoire de matelot, salée à point, qui fera les délices de tous les corsaires en herbe.

Le croque doigts

Il y a de cela très longtemps, dans les froides terres du Nord, vivait un troll appelé Ulf. Il avait une très vilaine habitude : il adorait manger les doigts !

Nombre d'hommes, de femmes et d'enfants l'ont appris à leurs dépens.

Et qui sait combien de personnes auraient connu le même sort si Béatrice, une fillette particulièrement déterminée, n'avait pas eu une idée géniale.

Les jeunes lecteurs apprécieront cette histoire amusante et fantaisiste, imaginée par un auteur de grand talent.

Le cadeau surprise

Pour son septième anniversaire, Annie voudrait bien avoir une planche à roulettes. Hélas ! ses parents n'ont pas d'argent. Son cousin Richard, enfant gâté et vantard, arrive, lui, avec une superbe planche à roulettes. Mais Richard ne connaît pas monsieur Victor, le voisin d'Annie. Celui-ci a toute une surprise pour elle !

Cette histoire amusera les jeunes lecteurs, tout en leur donnant matière à réfléchir.

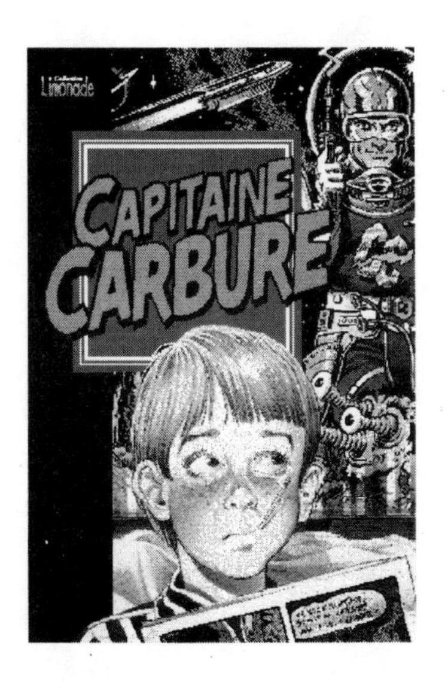

Capitaine Carbure
Benoît est malade. Sa gorge le fait tant souffrir qu'il en pleure. Annie, sa sœur, l'appelle le petit braillard. Mais sa mère le console en lui apportant ses bandes dessinées préférées. Benoît plonge alors avec délice dans le récit du plus récent combat de son héros : le Capitaine Carbure. Mais une chose étrange se produit et voilà Benoît à bord du fameux vaisseau de son héros !

Racontée à la fois sous forme de roman et de bande dessinée, cette amusante histoire ravira tous les jeunes lecteurs friands d'humour et d'aventure.

ACHEVÉ D'IMPRIMER
EN JUIN 1995
SUR LES PRESSES DE
PAYETTE & SIMMS INC.
À SAINT-LAMBERT (Québec)